Aforismos

Conselho Editorial

Beatriz Olinto (Unicentro)
José Miguel Arias Neto (UEL)
Márcia Motta (UFRJ)
Marie-Hélène Paret Passos (PUC-RS)
Piero Eyben (UnB)
Sergio Romanelli (UFSC)

Aforismos
a espera de um passo

Piero Eyben

EDITORA
HORIZONTE

Copyright © 2016
Piero Eyben

Editora
Eliane Alves de Oliveira

Diagramação
Elegant Typewriter 12/auto

Impressão
Meta Solutions, novembro de 2016

Papel
Pólen 80g

Grafia atualizada segundo o Acordo Ortográfico da Língua Portuguesa de 1990, que entrou em vigor no Brasil em 2009.

Dados Internacionais de Catalogação na Publicação (CIP)

Aforismos: a espera de um passo, Piero Eyben.
Vinhedo, Editora Horizonte, 2016.

ISBN 978-85-99279-80-9

1. Aforismos 2. Literatura - interatividade 3. Aforismos - reflexões 4. Aforismos - poesia

CDD 800

Editora Horizonte
Rua Geraldo Pinhata, 32 sala 3
13280-000 - Vinhedo - SP
Tel: (19) 3876-5162
contato@editorahorizonte.com.br/www.editorahorizonte.com.br

Qual o seu aforismo preferido?

Aforismos: a espera de um passo é um livro que surgiu da iniciativa de Piero Eyben de publicar em sua página do Facebook reflexões acerca de fatos ou sentimentos. A cada postagem os amigos não apenas curtiam, mas deixavam um comentário de qual ou quais eram seus pensamentos preferidos. Entretanto, os aforismos acabavam se perdendo em meio a outras publicações, dificultando o acesso não só aos textos, mas também aos comentários e preferências dos amigos.

Estão reunidos neste livro aforismos com reflexões atemporais e poéticas e, a cada conjunto de 10 pensamentos, há espaço para registrar os seus preferidos e o de seus amigos, possibilitando uma experiência afetiva concreta: a entrega do livro ao outro, a espera do retorno, a releitura e as descobertas e coincidências, que poderão ser guardadas e posteriormente trocadas novamente.

Boa leitura!

(a) move-me quase sempre uma pena obscura, mas rarefeita

(b) o que não explico não deixa de concernir a mim, como minha responsabilidade

(c) o que o outro não pode exigir?

(d) submissão sempre excede essa luz mais escura

(e) impossível sustentar-se em si mesmo. é preciso reinventar um suporte

(f) e quando acaba o fim do mundo, acaba-se também

(g) à mão, o outro nunca está

(h) o limite de uma linha não é o limite da experiência, no entanto há o verso

(i) quando desce a luz do dia, há o limítrofe sem bordas

(j) o tempo é desde o outro, como exposição de lábios, olhos, ouvidos

Meu aforismo é o (   )

Ele me lembra

_____

_____

_____

Algo como essa imagem

```
┌─────────────────────────────────────────┐
│                                         │
│                                         │
│                                         │
│                                         │
│                                         │
│                                         │
└─────────────────────────────────────────┘
```

Qual é o seu? Lembra de deixar anotado o nome!

(   ) _____

(   ) _____

(   ) _____

E você pode escrever o seu, a partir das ideias...

(a) ser apagado da vida do outro implica ter seu próprio mundo questionado

(b) o poder do mesmo parece sempre ser maior por interrupção do devir

(c) alguém que desdiga uma singularidade permanece exercendo poder sobre o um, logo, resta um

(d) nenhum cão sozinho, à beira do mar, pode dizer adeus à linguagem, antes ele irrompe como um alô, como uma chegada. só aí a linguagem diz adeus

(e) o adeus de romeu e julieta sempre pode ser lido como também essa chegada: impossível saber exato o adeus do amor

(f) excessos e limites são formas binárias dos sentidos?

(g) o viver da cor em movimento é também um modo do tempo

(h) aguardar é subjugar-se

(i) o assombro da promessa é que ela precisa poder se cumprir

(j) é outra toda espacialidade e temporalidade que não se limita ao modo compreendido do mundo

Meu aforismo é o (   )

Ele me lembra

_____

_____

_____

Algo como essa imagem

```
┌─────────────────────────────────────────┐
│                                         │
│                                         │
│                                         │
│                                         │
│                                         │
│                                         │
└─────────────────────────────────────────┘
```

Qual é o seu? Lembra de deixar anotado o nome!

(   ) _____

(   ) _____

(   ) _____

E você pode escrever o seu, a partir das ideias...

(a) minha vida não basta

(b) terei de tomar sempre um caminho que não é o meu

(c) o ponto em que salto é também um ponto que me assalta

(d) outro o passo, quando se espera tanto a dar o passo

(e) silencio em mim tudo o que já tinha sido silenciado?

(f) diante da demanda, não exercer a força

(g) estender a mão quando dela não se pode ofertar nem mesmo a unha que se aparou

(h) calar é a forma branda de socar

(i) um poema cabe ao outro como um tempo que se perdeu

(j) no escuro nem toda lágrima é visível

Meu aforismo é o (   )

Ele me lembra

_____

_____

_____

Algo como essa imagem

```
┌─────────────────────────────────────────┐
│                                         │
│                                         │
│                                         │
│                                         │
│                                         │
└─────────────────────────────────────────┘
```

Qual é o seu? Lembra de deixar anotado o nome!

(   ) _____

(   ) _____

(   ) _____

E você pode escrever o seu, a partir das ideias...

(a) diante do abismo, o que acabamos?

(b) nada é tranquilo, mesmo quando não cansamos de o afirmar

(c) é possível que o frio que sinto agora seja de tanto calor por dentro

(d) impossível medir a distância entre o olhar e o querer

(e) quando do cuidar vem um gesto, abre-se o mundo

(f) entre uma neblina e os passos já dados, entrar sempre é estanque

(g) espero sempre nunca mais ter de calar

(h) um fruto que se faz no inverno termina

(i) o cobre é cor de despedidas

(j) a cada minuto sinto perder um pouco mais em graus, a vista sempre embaça

Meu aforismo é o (   )

Ele me lembra
_____
_____
_____

Algo como essa imagem

```
┌─────────────────────────────────────────┐
│                                         │
│                                         │
│                                         │
│                                         │
│                                         │
└─────────────────────────────────────────┘
```

Qual é o seu? Lembra de deixar anotado o nome!

(   ) _____

(   ) _____

(   ) _____

E você pode escrever o seu, a partir das ideias...

(a) mais fácil dizer o que o outro é do que suportar sua distância

(b) a quem serve saber do que trata o desejo?

(c) a que serve saber de quem trata o desejo?

(d) quando as folhas tombam, há sempre quem as deve catar

(e) meus olhos cansam de ouvir agressão

(f) sem a lágrima não sabemos que somos animais

(g) o corpo se apresenta e decide seguir

(h) há um vermelho desbotado em cada tempo

(i) minhas mãos seguem sem alcançar, respiro

(j) entre o hipócrita e o pretensioso há pouca diferença

Meu aforismo é o (   )

Ele me lembra

_____

_____

_____

Algo como essa imagem

```
┌─────────────────────────────────────────────┐
│                                             │
│                                             │
│                                             │
│                                             │
│                                             │
│                                             │
└─────────────────────────────────────────────┘
```

Qual é o seu? Lembra de deixar anotado o nome!

(   ) _____

(   ) _____

(   ) _____

E você pode escrever o seu, a partir das ideias...

(a) no limite, toda tarde é passageira

(b) caminho sem passo, decisão infranqueável

(c) dá-se à forma um modo espesso de ranhura

(d) o abandono do sujeito vê-se desde já abandonado de sujeito

(e) algo que signifique uma infância, ou outra palavra de silêncio incontornável

(f) quando o tempo excede sobre o corpo um silêncio mortífero, há efeito nos olhos, no peito, na boca

(g) entre estar todo estirado, respirando, e o céu aberto existe como que uma tempestade

(h) às mãos, nada a enlaçar

(i) vez por outra, um corpo passa sobre meu espírito

(j) destilam-se cuidadosamente cada amargo, cada movimento para agarrar o para fora do abismo, afundando-oo ainda e mais

Meu aforismo é o ( )

Ele me lembra

_____

_____

_____

Algo como essa imagem

```
┌─────────────────────────────────────────┐
│                                         │
│                                         │
│                                         │
│                                         │
│                                         │
└─────────────────────────────────────────┘
```

Qual é o seu? Lembra de deixar anotado o nome!

( ) _____

( ) _____

( ) _____

E você pode escrever o seu, a partir das ideias...

(a) quando vem a noite, o sol não apenas entra na pedra do povo de gilgamesh, ele resta guardado de tempo

(b) a cidade que se cala, enquanto uma mulher se explode, é uma peça de resistência

(c) o mundo se estende com mãos intoleráveis

(d) a cor do sol ao tocar um galho é também ela inverno

(e) vozes e vocações clamam por se escrever como um silêncio veloz

(f) a rapidez da boca que se cala é proporcional ao corpo violado de abandonos

(g) nada começa a não ser o instante em que já tendo chorado passe a perceber

(h) um e outro passante, para que tudo pareça normal diante das esferas e dos espaços

(i) nunca é calmo o calor de um copo pleno de gelo

(j) ter vivido de perto a morte do outro faz da minha morte um acontecer impossível a mim; e mesmo assim a espero daqui há muito

Meu aforismo é o (   )

Ele me lembra
_____
_____
_____

Algo como essa imagem

```
┌─────────────────────────────────────────┐
│                                         │
│                                         │
│                                         │
│                                         │
│                                         │
└─────────────────────────────────────────┘
```

Qual é o seu? Lembra de deixar anotado o nome!

( ) _____

( ) _____

( ) _____

E você pode escrever o seu, a partir das ideias...

(a) em alguns feixes de sol, o amarelo toca o azul

(b) nenhum rosto teme a súplica

(c) quando a obrigação excede(,) a ilusão recende

(d) o encontro é desde já uma carícia que se afasta lentamente

(e) do resto: às vezes o homem precisa ser o último

(f) o frio pode ser também uma confirmação de que se está vivo

(g) entre as cinzas e a fumaça, há formas que só podemos não conhecer

(h) esperar não é uma evidência sã, é antes ato de crença imprudente

(i) o estrangeiro naufragado de sua morte resiste, mesmo que de memória

(j) todo poeta é palestino hoje

Meu aforismo é o (   )

Ele me lembra

_____

_____

_____

Algo como essa imagem

| |
| |
| |

Qual é o seu? Lembra de deixar anotado o nome!

(   ) _____

(   ) _____

(   ) _____

E você pode escrever o seu, a partir das ideias...

(a) a guerra é a face mais nítida do ser

(b) tudo o que é o desejo é anterior à minha necessidade

(c) mesmo o desejo é anterior ao desejo

(d) quando de um rosto de cão surge algo como uma subjetividade

(e) a luz artificial da cidade capta também o seu frio

(f) dizer que se escreve equivale a dizer de uma ausência escolhida, morte articulada, eutanásia

(g) nem o outro sabe do outro, ele apenas sente fome

(h) não se pode confirmar que se está vivo em uma linha

(i) enquanto houver solidão e despertar, haverá essa incerta sensação de que algo existe

(j) tendo de mais a mais calar as cores diante da borrasca

Meu aforismo é o (   )

Ele me lembra

_____

_____

_____

Algo como essa imagem

┌───┐
│   │
│   │
│   │
│   │
│   │
└───┘

Qual é o seu? Lembra de deixar anotado o nome!

(   ) _____

(   ) _____

(   ) _____

E você pode escrever o seu, a partir das ideias...

(a) desde o instante em que é demandado tornar-se um animal pressupõe-se que a violência está pra fora do humano, quando é bem o contrário

(b) as formas de dizer em segredo não passam de mais um meio de violar

(c) é pela perversão que o obscuro continua a não ceder

(d) os olhos não valem mais do que a entrega

(e) dirigir-se ao outro é a força, a única, de abandono

(f) todo abandono é necessário e também contingente

(g) o céu da noite, entre luzes muito fracas de uma biblioteca, é tendente ao púrpura, salvo nos espaços de nuvens muito densas

(h) pisar novamente o molhado e sentir entre os dedos

(i) fazer descer a pressão é também um modo de não estar em segredo consigo

(j) o sonho não passa de uma vida

Meu aforismo é o ( )

Ele me lembra

_____

_____

_____

Algo como essa imagem

| |
| |

Qual é o seu? Lembra de deixar anotado o nome!

( ) _____

( ) _____

( ) _____

E você pode escrever o seu, a partir das ideias...

(a) o corpo não pode, ele quer

(b) sobre algum e outro olhar, há sempre algo como uma perda de consciência

(c) enquanto se descansa, o mundo demora em uma outra forma

(d) estar mudo desde o silêncio de mim mesmo

(e) quando dizer é mais difícil, ali habito

(f) há sempre uma luz que se concentra, mesmo no escuro

(g) de tons de branco o desejo escorre como mãos

(h) não existe essa possibilidade de não pensar, por isso o impensável

(i) andar ainda é a forma de fazer o corpo suportar, mesmo a si mesmo

(j) o outro se mostra de rastro e pequenas marcas que perseguem sua presença

Meu aforismo é o (   )

Ele me lembra

_____
_____
_____

Algo como essa imagem

Qual é o seu? Lembra de deixar anotado o nome!

( ) _____

( ) _____

( ) _____

E você pode escrever o seu, a partir das ideias...

(a) há sempre algo de tênue entre uma imagem captada ao mundo e seus sentidos dados de mundo: não devolvemos nada

(b) enquanto resisto, o poema já se faz

(c) enquanto houver poema, a ruína é o lugar de montar a resistência

(d) a democracia se autoconsome em flagelos de esperança

(e) a vida vivida antes de uma imagem é ela também aquela que foi morta por sua captação

(f) escrever, não sendo um ato de loucura, é, no entanto, aquela solidão inquieta de uma angústia real

(g) não há escrita que não seja acerca de sua própria morte, impossível, nem já tomada de sua vida inteira, única possibilidade ao impossível

(h) quando junto a outro corpo, viver começa

(i) o corpo diz aquilo que o dito não consegue do dizer, por isso dançamos

(j) o tom violáceo de céu é também efeito de galhos retorcidos de uma vida mínima e íntima

Meu aforismo é o (   )

Ele me lembra

_____

_____

_____

Algo como essa imagem

Qual é o seu? Lembra de deixar anotado o nome!

( ) _____

( ) _____

( ) _____

E você pode escrever o seu, a partir das ideias...

(a) nenhum pedido de ajuda pode vir precedido de uma ameaça

(b) toda promessa, no entanto, guarda no cerne uma das forças do perjúrio

(c) cortar a voz que comparece é ato em si totalitário

(d) do abismo em que vejo meus gestos, a inércia se sustém

(e) poucos tons de verde sobrevivem o todo do ano

(f) escrever apesar do medo em confessar-se, único resto

(g) das cinzas não resta a memória

(h) apagar o outro é mais violento do que continuar a amá-lo

(i) a precisão do espaço, medido, nada diz sobre os corpos estendidos nele

(j) apenas quando uma imagem passa diante de ninguém é que podemos nos perguntar pelo fenômeno

Meu aforismo é o (   )

Ele me lembra

_____
_____
_____

Algo como essa imagem

+---------------------------------------+
| |
| |
| |
| |
+---------------------------------------+

Qual é o seu? Lembra de deixar anotado o nome!

(   ) _____

(   ) _____

(   ) _____

E você pode escrever o seu, a partir das ideias...

(a) a imagem do corpo vem ao sujeito do outro, ambíguo assim

(b) de uma imagem, o dizer à parte

(c) não poder esquentar as mãos faz do corpo um excesso de não totalidade

(d) se escrevo é preciso considerar que minhas mãos são capazes de apagar

(e) rasurar, riscar, cortar, apagar: todos atos de violência

(f) estar diante do mundo é saber como se porta o abismo, em si

(g) nada pode fazer presente o que se perdeu de mundo

(h) não há azul que não vibre essa melancolia de ainda agora

(i) um poema somente pode exercer sua força ali onde tudo deseja

(j) não conter a tristeza é também uma fome de viver

Meu aforismo é o (   )

Ele me lembra
_____
_____
_____

Algo como essa imagem

Qual é o seu? Lembra de deixar anotado o nome!

(   ) _____

(   ) _____

(   ) _____

E você pode escrever o seu, a partir das ideias...

(a) o outro diante, apelo obscuro

(b) não há tempo para somar a dívida frente a um

(c) nada atrasa quando uma frase é proferida

(d) no escuro, o corpo permanece e se abre

(e) o encontro insiste sobre uma responsabilidade: o outro diante de um outro

(f) em nenhuma situação há de haver equilíbrio entre diferentes: nada é igual sobre os sentidos

(g) ouço cada cor, mesmo quando as saturo tecnicamente, porque nada pode ser tomado separadamente em meu corpo

(h) o amor não tem outro modo – como tem o ser –, ele se estende em excesso de sua própria impossibilidade

(i) apenas se pode pedir o que me excede de demanda

(j) quando escrevo, esse tempo é impossível, esse sujeito já não chega

Meu aforismo é o (   )

Ele me lembra

_____

_____

_____

Algo como essa imagem

+---+
| |
| |
| |
| |
| |
+---+

Qual é o seu? Lembra de deixar anotado o nome!

( ) _____

( ) _____

( ) _____

E você pode escrever o seu, a partir das ideias...

(a) as rugas expõem a temporalidade do outro, sua pobreza e seu apelo

(b) pensar no outro não significa dar a ele poder, antes se o apropria e o destitui

(c) dizer sobre o outro a outrem, limiar da destruição

(d) o que espera ainda não é um tempo definido, é-se jovem sem esperar

(e) a cor do frio sente-se na ponta dos dedos, o que implica certa falência de vermelho

(f) há sempre um dever escrever que silencia meu corpo e ao mesmo tempo é alarde

(g) nenhum corpo pode para além do salto

(h) não se perde o olhar do dia quando há uma tarde

(i) atuar na vida pode querer dizer também atuar em um filme

(j) nenhum jogo me seduz

Meu aforismo é o (   )

Ele me lembra

_____

_____

_____

Algo como essa imagem

```
┌─────────────────────────────────────────┐
│                                         │
│                                         │
│                                         │
│                                         │
│                                         │
└─────────────────────────────────────────┘
```

Qual é o seu? Lembra de deixar anotado o nome!

(   ) _____

(   ) _____

(   ) _____

E você pode escrever o seu, a partir das ideias...

(a) lidar a cada dia com o impossível, tarefa de fracassos necessários

(b) sem totalidade o mundo assemelha-se a uma derrota desejada

(c) cinzas entre a língua e a glândula, começo de um poço

(d) o abismo é irreconhecível quando se está dentro dele

(e) nenhuma memória sem olvido, então a ouço mesmo em mim

(f) o acaso do tempo, ver a escrita

(g) não espero o sublime a me confessar, uma confissão é já isso mesmo, dar-se ao outro na fratura

(h) hiante é espaço entre a angústia e algumas linhas depois

(i) não é de verde que se compõe o verbo do inverno

(j) arruinar o silêncio torna-se impossível quando se deve escrever

Meu aforismo é o (   )

Ele me lembra

_____

_____

_____

Algo como essa imagem

+---+
| |
| |
| |
| |
| |
+---+

Qual é o seu? Lembra de deixar anotado o nome!

(   ) _____

(   ) _____

(   ) _____

E você pode escrever o seu, a partir das ideias...

(a) de alguns rótulos se faz o espanto, e deles talvez a destruição

(b) o espaço de uma abertura ao outro nunca sobrevive à dança sádica de mais um

(c) ter por si mantido segredo – pedir o silêncio ao porvir – é a fórmula agressiva das mais totalitárias

(d) secreção de palavra, mesmo que se diga uma verdade

(e) o quanto vale a lealdade se mede em horas de desespero

(f) querer bem é um amor incondicional, pois se faz no desejo ao bem do outro, a seu rosto e seu rastro

(g) não se diz adeus sem lágrima, sem essa cor transparente de sal

(h) por mais dormente que esteja o corpo, o brutal excede

(i) estar nu consigo não implica um leito quente

(j) tatear o obscuro, luta selvagem de corpo e abismo

Meu aforismo é o (   )

Ele me lembra

_____

_____

_____

Algo como essa imagem

```
┌─────────────────────────────────────┐
│                                     │
│                                     │
│                                     │
│                                     │
│                                     │
└─────────────────────────────────────┘
```

Qual é o seu? Lembra de deixar anotado o nome!

(   ) _____

(   ) _____

(   ) _____

E você pode escrever o seu, a partir das ideias...

(a) ao covarde não há mundo

(b) entre o sono e a hora, habita o repouso de uma última palavra

(c) não há signo para o antes

(d) é preciso estar desatento ao acontecimento

(e) não há adaptação possível ao cinismo

(f) a história das paixões sempre é feita da intriga que se quer acreditar, seu enredo sempre construído por quem estando de fora oferece um pitaco

(g) há uma cor à metade de mim

(h) as máscaras todas pegadas como se do tempo não houvesse saída

(i) há sempre hesitação quando a escolha é apagar

(j) decidir implica uma cisão e também uma não cisão, incisão

Meu aforismo é o (   )

Ele me lembra

_____

_____

_____

Algo como essa imagem

```
┌─────────────────────────────────────┐
│                                     │
│                                     │
│                                     │
│                                     │
│                                     │
└─────────────────────────────────────┘
```

Qual é o seu? Lembra de deixar anotado o nome!

(   ) _____

(   ) _____

(   ) _____

E você pode escrever o seu, a partir das ideias...

(a) o movimento de quem persegue é também o estatismo de seu desejo

(b) manter o binarismo realidade e ficção serve a quem de algum modo possa se ver favorecido dessa ideologia, ou melhor, de certa forma de magia

(c) a intenção não passa de um operador para um pensamento fraco

(d) desejar se paga com a dor

(e) não há rastro óbvio, o que existe é uma tentativa óbvia de verdade

(f) arrogar-se como quem diz algo bom, prometendo-se, é o primeiro passo para o perjúrio seguinte, e sua covardia de atos

(g) não há identidade que resista à produção incansável do falso

(h) um broto na copa de uma árvore tem a cor da terra que a rodeia

(i) aos olhos foram dados não apenas a pretensa "alma", mas a abertura de onde algo outro – e do outro – ocorre em mim: lágrima, luz, silhueta, dilatação

(j) o sentido do mundo depende do fim de todo outro mundo, por isso dar sentido porta sempre uma violência precária, anterior, ancestral

Meu aforismo é o (   )

Ele me lembra

_____

_____

_____

Algo como essa imagem

Qual é o seu? Lembra de deixar anotado o nome!

(   ) _____

(   ) _____

(   ) _____

E você pode escrever o seu, a partir das ideias...

(a) o passado nunca é o passado

(b) todo silêncio pode durar

(c) algumas vozes são apenas poder contra o outro

(d) vigiar ou fingir é a arma do hipócrita

(e) nenhum acontecer se faz de planos

(f) o que eclode como doença vinga-se no corpo

(g) à condição de estar lembrando-se, o sujeito perde e ganha um vazio (ou melhor, um buraco)

(h) o corpo é limite último e primeiro, por isso se estanca

(i) demandar que se mova, que siga, é tão estúpido quanto tentar demover de alguém uma crença

(j) algumas músicas são de outro tempo e, no entanto, elas chegam até o agora como uma espécie de lágrima - o poema também, aliás

Meu aforismo é o (   )

Ele me lembra

_____

_____

_____

Algo como essa imagem

Qual é o seu? Lembra de deixar anotado o nome!

(   ) _____

(   ) _____

(   ) _____

E você pode escrever o seu, a partir das ideias...

(a) não se sabe que amar leva tempo

(b) não adianta nada fazer reviver a juventude em atitudes desproporcionais

(c) a demora entre o amor e a vontade faz parte da ilusão de quem precisa de outra coisa

(d) saber que as ações do outro sempre são imprevisíveis, mesmo daquelas que mais confiamos, mesmo daquelas que sempre nos jogamos inteiramente

(e) o abismo tem a cor do embaço e do fracasso

(f) essa com cópia de shakespeare: "had i written, i would tear the word"

(g) quando o céu desaba no ato desconhecido, o mais próximo está muito distante em um simples toque

(h) não há porquê na exposição, e sobretudo no discurso inventado para usurpar o outro

(i) tenho pensamentos mais duros que os sonhos

(j) se alguém consegue sobreviver a isso, é preciso muito temor no porvir

Meu aforismo é o (   )

Ele me lembra

_____

_____

_____

Algo como essa imagem

```
┌────────────────────────────────────┐
│                                    │
│                                    │
│                                    │
│                                    │
│                                    │
└────────────────────────────────────┘
```

Qual é o seu? Lembra de deixar anotado o nome!

(   ) _____

(   ) _____

(   ) _____

E você pode escrever o seu, a partir das ideias...

(a) sempre é possível que um pássaro cante sobre as cinzas

(b) torturar o mundo parece ser o próprio do mundo, quando há nele qualquer história e sua desolação

(c) enquanto escrevo, algo para e paira desse amarelo entre os azuis

(d) dizer que se ama pode soar como uma ferida sem cicatriz, um ar que se perdeu

(e) há um tempo do adeus que se guarda entre os dedos, na ausência do gesto que era diário

(f) quando a lágrima toca o rosto, os olhos param de pensar

(g) não espero desperdiçar o dia entre o luto e a desordem, eles estão sempre aqui, presentes

(h) perder pode significar ter um outro céu

(i) o esquecimento inscreve aquilo que não se pode dizer

(j) calar é guardar certo lado fraco do segredo

Meu aforismo é o (   )

Ele me lembra
_____
_____
_____

Algo como essa imagem

Qual é o seu? Lembra de deixar anotado o nome!

(   ) _____

(   ) _____

(   ) _____

E você pode escrever o seu, a partir das ideias...

(a) toda carta de amor é uma carta já queimada por antecipação

(b) expor-se é expor feridas

(c) não há calar-se diante do sofrimento do outro

(d) a fome, antes da ética

(e) quando um policial dispara a arma são nossos dedos juntos que puxam aquele gatilho

(f) não há direito que não esbarre em uma política amorosa dos corpos

(g) é no encontro entre duas peles que algo como um tempo se produz

(h) não é possível dizer da angústia nem mesmo pelos olhos

(i) quando os olhos de édipo foram lançados ao chão quem os viu foi ele mesmo, ali onde nunca tinha visto

(j) não há forma de dizer que se ama sem se repetir e, no entanto, é sempre um acontecimento

Meu aforismo é o (   )

Ele me lembra

_____

_____

_____

Algo como essa imagem

Qual é o seu? Lembra de deixar anotado o nome!

( ) _____

( ) _____

( ) _____

E você pode escrever o seu, a partir das ideias...

(a) há um tempo em que dormir não é uma opção

(b) quando às mãos está o tempo, algo do espaço se perdeu

(c) diante do tu, nenhum eu poderia falar

(d) dizer o nome é por certo viver cansado do que nem se sabe

(e) a experiência é uma separação em que a insistência não cessou

(f) tenho um espasmo quando pretendo pensar o que nem se pode pensar

(g) ver o abismo diante do corpo é estar ciente de que falta pele no sorriso

(h) construir o tempo de uma aurora para depois poder chorá-la

(i) o que é preciso acolher parece-se sempre com um quem

(j) há tantas cores quanto as que cabem entre dois

Meu aforismo é o (   )

Ele me lembra

_____
_____
_____

Algo como essa imagem

```
┌─────────────────────────────────────┐
│                                     │
│                                     │
│                                     │
│                                     │
│                                     │
│                                     │
│                                     │
└─────────────────────────────────────┘
```

Qual é o seu? Lembra de deixar anotado o nome!

(   ) _____

(   ) _____

(   ) _____

E você pode escrever o seu, a partir das ideias...